NO